HARLEQUIN A LA GUINGUETTE.

REPRESENTE'

A LA FOIRE S. LAURENT.

par la Troupe de BEL-AIR.

Le prix eſt de 8 ſols.

par pellegrin

A PARIS,

Chez M. REBUFFE', ruë Dauphine, proche le Pont-neuf, à l'Arche de Noé & au Juriſconſulte.

M. DCC. XI.

Avec Permiſſion.

AVIS AU LECTEUR.

LA Troupe de Bel Air ayant eû le mal-heur à la derniere Foire S. Germain, d'ouvrir son Théatre par un divertissement qui ne fut pas goûté du public, ne pût dans la suite se relever tout-à-fait de sa chute. Quelques efforts qu'elle fit pour rappeller les Spectateurs, les premieres impressions prévalurent. Comme le mal ne pouvoit provenir que de la Piece ou de l'execution, & peut-estre de tous les deux ; elle s'est attachée à cette Foire S. Laurent, à se remettre en grace auprès du public, par un meilleur choix d'Auteurs & d'Acteurs. On jugera des premiers par leurs Ouvrages, & les derniers se sont déja bien fait connoistre. Il suffit de nommer les Sieurs BAXTER & SAURIN, pour faire leur éloge. La vogue qu'ils ont eûs l'hyver passé dans le Preau, donne tout lieu d'esperer qu'ils ne seront pas moins courus cet esté, & tout le monde conviendra que la Troupe de Bel Air ne pouvoit faire une meilleûre acquisition pour se remettre en possession de la préference que le public luy avoit toûjours donnée sur toutes les autres Troupes. On a fait imprimer le divertissement par ou elle doit débuter, pour en donner une plus grande intelligence à ceux qui le verront executer. Il a pour titre Harlequin à la Guinguette; on n'y a rien oublié de ce qui peut contribuer à atteindre le principal but de la Comedie, qui est de châtier les mœurs en riant; Le Spectacle sera des plus surprenans, & les couplets seront assaisonnés de ce sel qui en doit faire tout le prix.

HARLEQUIN A LA GUINGUETTE,

PREMIERE ENTRE'E QUI SERT DE PROLOGUE.

Le Theatre represente la Ville de Paris.

Jupiter & Momus descendent des Cieux; le premier monté sur un cocq-d'inde, tient un foudre à la main, & l'autremonté sur un dogue, est armé d'une plume. Momus plaisante sur le cocq-d'inde que Jupiter a pris au lieu d'un aigle; le couplet est sur l'air, *Des Pellerins de S. Jacques.*

MOMUS.

Quoyque le sort sous vôtre Empire
Nous ait tous mis,

Je ſuis le Dieu de la Satyre
Tout m'eſt permis,
Cherchés-vous dans ce beau ſejour
Quelque avanture ?
Dites-moy d'où vient qu'en ce jour
Vous changés de monture.

JUPITER.

Les habitans de cette Ville
Me ſont connus,
Je viens y décharger ma bile
Sur leurs abus,
Ils n'auront pas de moy grand ſoin
Si je les daube ;
Mais je mettray dans un beſoin
Ma monture à la daube.

Momus fait connoître à Jupiter par ſes geſtes qu'il le ſoubçonne de quelque nouvelle intrigue, Jupiter luy montre ſes cheveux gris, pour luy faire voir qu'il eſt revenu de la bagatelle. L'écriteau ſuit.

JUPITER.

Ma jeuneſſe a fait ſon cours
Je ſuis devenu ſage :
Dans le temps de mes amours
Junon me chantoit toûjours
La rage, La rage, La rage.

Jupiter fait entendre à Momus qu'il n'a point de deſſein de galanterie en teſte, puiſqu'il l'a choiſi pour compagnon de ſes voyages, au lieu de Mercure, le cher confident de ſes amours. L'écriteau ſuit.

JUPITER.

De compagnon ſi tu me ſers
C'eſt pour régler tout l'Univers.
Au lieu du fidelle Mercure,
C'eſt pour cela que je t'ay pris;
Je veux que ta plume cenſure
Tous les deſordres de Paris.

MOMUS.

Laiſſés-moy cenſurer les Dieux
Mon dos s'en trouvera bien mieux;
Aux mortels ſi je faits la guerre,
Je pourrois bien grand Jupiter,
Pour avoir écrit ſur la terre
Aller écrire ſur la mer.

Momus ne veut point d'un employ auſſi dangereux que celuy de cenſeur. Jupiter le veut forcer à le prendre & le menace de ſon foudre, Momus le menace de ſa plume; ils conviennent de combattre à armes égales, & quittant l'un ſa foudre & l'autre ſa plume, ils ſe battent à coups de poing; le bruit qu'ils font oblige Harlequin à ſortir de chés luy, pour voir ce que c'eſt. Il ſe met en devoir de les ſeparer & les roſſe tous deux. Momus ſe ſentant frapé quitte Jupiter pour ſe jetter ſur Harlequin, mais l'ayant reconnu il l'embraſſe & le preſente à Jupiter comme le mortel le plus propre à remplir l'employ de cenſeur. Jupiter conſent à l'en charger, mais Harlequin qui en prevoit les ſuites le refuſe auſſi bien que Momus. L'écriteau paroit.

JUPITER.

Il faut que Momus t'inſpire
Quelques bons traits de Satyre;
Si tu ſçait l'art de médire,
Tout va flechir ſous tes loix:
Tu te rendras redoutable,
Chacun t'offrira ſa table.
Le traitant pour toy traitable
Te mettra dans les employs.

HARLEQUIN.

J'aime aſſez qu'on me redoute
Mais voicy qui m'en dégoute:
Je ſçait trop ce qu'il en coûte
D'écrire avec trop de fiel:
Quand Momus vous fait la guerre,
Il ne craint point le tonnerre,
Et l'on riſque ſur la terre
Beaucoup plus que dans le Ciel.

Harlequin remercie Jupiter de ſon employ & s'enfuit ; Jupiter lance la foudre sur la maison d'Harlequin, qui revient tout effrayé se jetter aux pieds de Jupiter ; il consent à accepter l'employ qu'il veut luy donner, à condition qu'il luy prêtera son foudre & Momus, sa plume. L'écriteau paroist.

ARLEQUIN.

Momus pour mieux armer ma main,
Prestés-moy vostre plume,
Et vous, la foudre que Vulcain
Forge sur son enclume:
Les Romains dés que j'écriray,
Se mettront en campagne,
Et je les pulveriseray
Comme Tabac d'Espagne.

JUPITER.

Tiens, prends au gré de ton desir
Sa plume & mon tonnerre,
Si tu me veux faire plaisir,
Mets ces Romains parterre :
J'aprouveray leur chastiment,
Quelque grand qu'il puisse estre ;
C'est dans leurs farces seulement
Que l'on me voit paroistre.

Harlequin n'est pas plutost armé de la foudre de Jupiter & de la plume de Momus, qu'il se rend redoutable à ces deux Dieux. Il veut foudroyer Jupiter, & ne ſçachant comment lancer la foudre, il tire un fuſil de ſa poche, & ayant allumé de la méche il met le feu à la foudre, qui crevant entre ſes mains le renverſe d'un coſté & Jupiter de l'autre ; Momus les fait revenir tous deux avec de l'Eau de la Reine d'Hongrie. Jupiter ne peut revoir Harlequin, ſans frayeur & s'enfuit ; ce qui donne lieu à un écriteau ſur l'air, *que diable voulez-vous qu'on faſſe.*

HARLEQUIN.

De tout cecy je crains la ſuite ;
Ah ! Si les Dieux prennent la fuite,
Les hommes en feront autant:
Ils nous fuiront loin de nous ſuivre,
Nous n'auront point d'argent comptant,
Et ſans argent on ne peut vivre.

MOMUS.

Je veux pour t'attirer du monde,
Qu'une Fée icy te ſeconde,
Chés toy l'argent foiſonnera ;
Son art te va combler de gloire
Et je prétends que l'opera
Soit jaloux des jeux de la Foire.

La Fée vient dans une Guinguette, traînée par un ogre & par une ogreſſe,

Harlequin à peur de ces deux monſtres, mais la Fée le raſſure, & d'un coup de ſa baguette elle fait changer le Theatre. On y voit trois figures, qui ſont une Harpe, un Cerf & une Tourterelle, à meſure que la Fée donne un coup de ſa baguette ſur chacune de ces figures, elles reprennent leur premiere forme, la harpe redevient un agioteur, avec cet écriteau ſur l'air, *Vous m'entendez bien.*

L'AGIOTEUR.

Je fus un riche agioteur
C'eſt-à-dire un fameux voleur,
La harpe fait la gloſe
Hé bien,
De ma métamorphoſe
Vous m'entendez bien.

Le cerf eſt changé en vieillard, avec cet écriteau ſur l'air, *Dans ſon Château de Gaillardin.*

LE VIELLARD.

Je m'aviſay d'eſtre en ménage
Dans mes vieux jours,
Ma femme à tout le voiſinage
Avoit recours,
Mais une Fée avec ſon art
Fit un vieux cerf d'un vieux cornard.

La tourterelle reprend la forme de

femme fidelle, avec cet écriteau, sur l'air, *Nous sommes demy douzaine.*

LA FEMME FIDELLE.

Dés que la parque cruelle
M'eût fait sentir son cizeau,
Je devins tourterelle,
Pour vivre de nouveau :
A mon époux j'avois esté fidelle,
Est-il rien de si beau,
Mais par mal-heur sans laisser de modelle
J'entray dans le tombeau.

Momus dit à Harlequin qu'il le met sous la protection de la Fée, qu'il doit tout attendre de son secours, mais qu'il doit songer dans sa Satyre à ménager le public, de peur de le chasser de chez luy & de perdre ses meilleures pratiques. L'écriteau est sur un Vaudeville.

MOMUS.

Tu peux compter sur sa science,
Mais ne faits rien qu'avec prudence,
Les gens que tu vas corriger,
Ne sont que trop à ménager;
En te privant de leur presence,
Ils seroient seurs de se vanger.

HARLEQUIN, *au Parterre.*

Vous entendez le preambule,

Momus vous dore la pillule,
Le trait est moins désobligeant,
De faire rire en corrigeant.
Vous verrés vostre ridicule,
Mais vous rirez pour vostre argent.

Le Prologue finit par un divertissement que fait la suite de Momus, elle est composée de divers personnages comiques.

DEUXIE'ME ENTRE'E.

Harlequin vient faire ses adieux à Colombine par ordre de la Fée. Ils viennent tous deux avec un mouchoir à la main pour essuyer leurs larmes. L'écriteau est *sur la Sarabande de l'Inconnu.*

HARLEQUIN.

Charmant objet de ma pudique flame
Je vais partir, recevez mes adieux,
Ma chere femme
Cedons aux Dieux,
Leurs dures loix m'arrachent de ces lieux
Un grand dessein appelle ma grande ame.

COLOMBINE.

Qu'ay-je entendu? que j'éprouve d'allarmes,

Quoy ? vous partez ! Harlequin, vous
partez !
Brillez mes charmes,
Et l'arreſtez ;
Mais tous mes cris ne ſont plus écoutez;
Pleurez mes yeux, & fondez vous en
larmes.

Le grand ſerieux de ces couplets eſt affecté, le dernier eſt une parodie de la plainte d'Armide ſur le départ de Renaud, & Harlequin doit ſe retirer avant la fin du couplet. Voicy ce que dit Colombine, pour continuer d'imiter ces paroles d'Harmide, l'eſpoir de la vengeance eſt le ſeul qui me reſte.

L'écriteau eſt ſur l'air, *Vous qui vous mocquez par vos ris.*

COLOMBINE,

Il part, & c'eſt pour m'outrager
Je vois ſa manigance,
Ne ſongeons plus qu'à nous venger
De ce trait d'inconſtance ;
Et dois-je attendre pour changer
Que mon mary commence?

Croit-il que pour luy ſeulement
Un tendre amour m'enflame ?
Je me ſens pour faire un amant

Je ne ſçay quoy dans l'ame:
Si je n'aimois le changement
Je ne ſerois pas femme.

Colombine rentre dans le deſſein de ſe venger de la pretenduë infidelité d'Harlequin. A peine eſt-elle rentrée qu'Harlequin ſort & témoigne le regret qu'il à de quitter une femme ſi tendre & ſi fidelle, dans le temps qu'il pleure, un Lutin tombe à ſes pieds portant un paquet de hardes ſous ſes bras; il rit des larmes d'Harlequin, & luy montre un écriteau ſur l'air: *Or écoutez petits, &c.*

LE LUTIN.

S'il faut l'en croire ſur ſa foy
Colombine ſe meurt pour toy,
Mais parmy-vous eſt-il de femme
Qui montre ce qu'elle à dans l'ame;
Telle pleure avec ſon mary,
Qui rit avec ſon favory.

Le Lutin apres avoir chanté ce couplet, donne un habit de Cabaretier à Harlequin, & luy fait entendre par un autre couplet, que la Fée luy ordonne d'aller exercer ſon employ de Cenſeur dans une Guinguette. L'écriteau eſt ſur l'air, *Du Branle du Moulin de Javelle.*

Je t'aporte ta toilette
La Fée ainsi l'a commandé,
Si tu ne veux estre grondé,
Faits ton devoir à la Guinguette,
Je t'aporte ta toilette
La Fée ainsi l'a commandé.

Tandis que le Lutin habille Harlequin en Cabaretier, le Theatre change & represente une Guinguette, avec cette enseigne : BON VIN ET GRANDE MESURE A JUSTE PRIX. Le Lutin ayant habillé Harlequin s'envole dans les airs. Harlequin examine sa Guinguette & paroît charmé de la voir si bien garnie. Il commence par goûter le vin; dans le temps qu'il boit, un petit Maitre vient luy demander du vin, des pipes & du tabac, & luy fait connoître par toutes ses minauderies qu'il est tres-satisfait de sa figure. Il tire de sa poche plusieurs Tabatieres où sont les Portraits de ses Maitresses. Harlequin luy demande comment il peut suffire à tant de belles ; le petit Maitre luy vante ses talents par un écriteau sur l'air, *quand le peril &c.*

LE PETIT MAITRE.

Je faits l'amour la nuit entiere,
J'ay des Maitresses à foison,

Je

Je cours & change de maiſon ;
Comme un Chat de goutiere.

Le petit Maitre ſe met à une table ſans nape. Dans le temps qu'il hache du tabac, un Solliciteur de procez vient avec ſa Maitreſſe & demande du vin à Harlequin. Le petit Maitre l'orgne la Demoiſelle & luy fait des mines, elle riſpote ſur le meſme ton. Le Solliciteur de procez s'en met en colere & témoigne ſa jalouſie par un écriteau ſur un Vaudeville.

LE SOLLICITEUR de procez,

Il faut que je me débonde,
J'ay trop lieu d'être jaloux,
Eſt-ce ainſi qu'on me ſeconde ?
J'ay cent fois quité pour vous.
Et brune & blonde,
Et vous faites les yeux doux
A tout le monde.

LA COQUETTE.

Eſt-ce un mal pour la poulette
De compter ſur plus d'un cocq ?
C'eſt un brin de ciboullette
Que la liberté du troc,
En amourette,
Ma foy cela vous eſt hoc
Je ſuis Coquette.

La Maitresse du Solliciteur de procez court embrasser le petit Maitre. Le Solliciteur de procez la veut battre. Le petit Maitre met l'épée à la main & le Solliciteur de procez se met à genoux. La coquette s'en va avec son nouvel amant, qui se retire d'un autre côté, en frapant des pieds. Harlequin se moque de luy par ce trait de Satyre sur un Vaudeville.

HARLEQUIN.

Les gens à procedures
Par fois sont amoureux,
Mais dans leurs avantures
Ils ne sont pas heureux,
Avec nos petits Maitres
S'ils osent s'oublier,
Ils sautent les fenêtres
Plutost que l'escalier.

Il vient une Nopce de Village à la Guinguette d'Harlequin, ce qui fait le divertissement de cette seconde Entrée.

Apres quelques danses on fait un branle sur l'air, *Robin ture lure, &c.*

BRANLE.

Aux Guinguettes de Paris
Que de filles on voiture!

On y vend à juste prix
Turelure,
Bon vin & grande mesure.
Robin ture lure lure.

Jusque aux gens à cheveux gris
Chacun y trouve avanture,
Sur la teste des maris
Turelure,
On y met mainte coëffure
Robin ture lure lure.

Pendant toute cette fête, les uns boivent, les autres dansent & ils se retirent tous se tenans par la main. Un Capitan avec sa Maitresse vient à la Guinguette & frape à la porte. Harlequin sort & le Capitan luy demande une Chambre pour luy & sa femme prêtenduë. L'écriteau est sur l'air, *La verte jeunesse*.

LE CAPITAN.

Mets nous je te prie
Dans un lieu secret,
Point de tricherie
N'entre dans mon fait,
Sans crime je l'aime
Et j'en suis chery,
Laisse nous à mesme
Je suis son mary.

HARLEQUIN.

O le bon Apostre !
Ardez, quel époux !
Va chercher quelqu'autre
Pour tes rendez-vous ;
Par ce beau langage
Tu n'as pris qu'un rat,
C'est un mariage
Qu'on fait sans contract.

Toute cette Scene se passe en lazis à peu prés semblables à ceux d'Harlequin soldat & bagage : on ne les décrit pas icy pour laisser le plaisir de la surprise à ceux qui les verront. Le Capitan ne pouvant, par toutes ses demandes, parvenir à éloigner Harlequin un seul moment, luy témoigne son dépit par cet écriteau, sur l'air, *Diray-je mon Confiteor, &c.*

LE CAPITAN,

Serons-nous toûjours sous tes yeux
Le sot Argus ! il est ma bête.
Crois-tu que l'on vienne en ces lieux
Pour ménager un tête à tête?
Il n'est plus rien grace aux époux
De plus aisé qu'un rendés-vous.

HARLEQUIN.

Je sçay le trantran de Paris
Et rien n'en vient que je ne guette,

Pour mettre l'honneur des maris
En ſcureté dans ma Guinguette,
S'ils avoient tous de tels Argus
On verroit bien moins de Cocus.

Le Capitan & ſa Maitreſſe ſe retirent & Harlequin ſe moque d'eux, le Docteur vient attendre Colombine à la guinguette ou elle luy a donné rendés-vous, ne ſçachant pas qu'Harlequin en eſt l'hôte. Il demande une Chambre à Harlequin pour un de ſes amis & pour luy, le premier vers de ce couplet ſuppoſe qu'il n'a pas encore apperceu Harlequin, & ſert à preparer les Spectateurs à la Scene qui va ſe paſſer entre Colombine & luy. Il eſt ſur l'air, *J'entens déja le bruit des Armes.*

LE DOCTEUR.

Ma Maitreſſe ſe fait attendre......
Mais l'hôte vient je l'apperçoy:
Un amy doit icy ſe rendre
Il n'a pû partir qu'après moy;
Si la nuit vient à nous ſurprendre
Trouveront nous un lit chés toy?

HARLEQUIN, répond ſur l'air,
De mon pot je vous en répons.

Une Chambre à deux amis
Cela vous eſt promis,
Mais ſi c'eſt un amy femelle

Allés au Moulin de Javelle,
Pour l'amy je vous en réponds
Pour la femelle, non.

Le Docteur montre une bourse à Harlequin, qui apres avoir resisté quelque temps, commence à se laisser seduire, ce qui l'oblige à fuir.

A peine Harlequin est-il sorty, que Colombine vient, le Docteur s'avance au devant d'elle & luy fait entendre qu'ils pourront bien avoir une Chambre pour être en liberté ; dans le temps qu'ils se témoignent la satisfaction mutuelle qu'ils ont de se trouver ensemble ; Harlequin regarde par la fenêtre & ne reconnoissant pas Colombine, il se fait un plaisir de les surprendre ; il vient en Tapinois par derriere, & dans le temps que le Docteur parle tout bas à Colombine, il met sa tête entre leurs visages, d'abord il regarde le Docteur & rit de l'avoir pris en flagrant délit, aprés il regarde Colombine, & venant à se reconnoître l'un l'autre, ils font un grand cry, Colombine s'enfuit, le Docteur court aprés elle, Harlequin entre en fureur renverse la Guinguette s'en dessus dessous, il entre dedans & y ayant fait un tapage enragé, il revient avec un bondon à la main pour faire voir qu'il a défoncé les Tonneaux & répandu tout ſon vin.

Aprés cette belle expédition il ſe ſouvient qu'il a prié Scaramouche & Pierrot ſes bons amis à ſouper, & qu'il n'a plus rien pour leur donner. Il s'arrache les cheveux & ſe jette par terre ſur les débris de ſa Guinguette. Le Lutin vient le conſoler, par cet écriteau ſur l'air, *Conſole toy d'avoir ſur ton Turban.*

LE LUTIN.

Conſole-toy, malheureux Harlequin,
De porter ſur ton front les Armes de Vulcain:
Ta diſgrace n'eſt que trop ſure,
Mais j'en voy
Qui trouvant pareille avanture,
Ne font pas tant de bruit que toy.

Harlequin fait entendre au Lutin le véritable ſujet de ſa douleur, par cet écriteau ſur l'air, *Des Folies d'Eſpagne.*

J'avois prié Pierrot & Scaramouche
Mais pour ſouper en vain je les attens,
Ils n'auront pas dequoy rincer leur bouche,
Ils n'auront rien à mettre ſous les dents.

Le Lutin fait entendre à Harlequin que la Fée pourvoira à tout, & l'enléve dans les airs.

TROISIE'ME ENTREE'.

Le Theatre represente un Bois, il y a un grand Arbre au milieu & un Puis à costé.

Harlequin attend avec impatience Scaramouche & Pierrot que le Lutin luy a promis de luy amener dans ce bois. Il marque son incertitude par cet écriteau sur l'air, *De Biribi.*

HARLEQUIN.

Je croque en ces lieux le marmot,
Et je suis las d'attendre;
Avec Scaramouche & Pierrot;
Mon Lutin doit s'y rendre;
Mais il m'a l'air d'un franc Frippon,
La faridondene la faridondon,
Et mes amis viendrons icy
Biribi,
A la façon de Barbary,
Mon amy.

Pour quelque chose de certain
J'ay pris un fichu conte,
Sur la promesse d'un Lutin
Se peut-il que je compte,

Je suis plus sot qu'il n'est fripon ;
La faridondene la faridondon,
Et nous ferons ripaille icy
Biribi,
A la façon de Barbary
Mon amy.

Harlequin découvre la Fée endormie dans une Grotte magique, ayant un Ogre & une Ogresse à ses costés, il court vers la Fée tout transporté de joye, Mais les Ogres l'arrêtent & le menacent de le devorer s'il aproche, il se met à genoux devant la Fée & chante ce qui suit sur l'air, *Nanette dormez vous.*

HARLEQUIN.

Ma Fée éveillée vous } bis;
Faut-il que le someil }
Ferme des yeux si doux,
Ah ! que vostre reveil.
Va faire de Jaloux.

La Fée s'éveille & répond sur l'air, *Ma mere mariés moy &c.*

Je ne dors jamais pour toy
Et tu peus compter sur moy,
Je tiens ce que j'ay promis.
Tu feras ripaille avec tes amis,
Je tiens ce que j'ay promis,
A mes loix tout est soumis.

La Fée ſe léve & vient embraſſer Harlequin. Aprés ces carreſſes elle luy fait entendre qu'elle eſt appelléé ailleurs, & qu'elle va le laiſſer entre les mains de l'Ogreſſe qui en prendra ſoin, le couplet qu'elle chante eſt ſur l'air, *De Grimaudin*.

LA FE'E.

Je te promets mon aſſiſtance
Dans le beſoin,
Ogres ſoumis à ma puiſſance,
Prenés en ſoin,
Et ſur tout qu'on ne manque pas,
De luy donner un bon repas.

La Fée s'en va avec l'Ogre & laiſſe l'Ogreſſe auprès d'Harlequin, elle l'habille en Chaſſeur; on entend un bruit de cors & on voit venir une Troupe de Chaſſeurs qui pourſuivent un Ours d'une groſſeur demeſurée, Harlequin jette ſes armes par terre & grimpe ſur l'Arbre qui eſt au milieu du Theatre, deux Chaſſeurs le tirent par les pieds pour l'obliger à en décendre; mais ils ne peuvent l'en arracher. Ils le laiſſent enfin pour courir aprés l'Ours. Harlequin le voyant diſparoiſtre deſcend de l'Arbre & reprend ſes Armes, mais le voyant revenir il regagne ſon azile, l'Ours ſe trouvant ſeul avec Harlequin, ſe dreſſe ſur les pattes de derriere & allonge les pattes de devant juſque aux talons du pauvre Harlequin ; qui ſe croit mort. Heureuſement pour luy les Chaſſeurs reviennent & tuënt l'Ours. Harlequin le voyant mort reprend courage & deſcendant de l'Arbre il luy donne pluſieurs coups & fait entendre aux Chaſſeurs qu'ils n'en ſeroient jamais venu à bout ſans ſon ſecours. Les Chaſſeurs & les Chaſſeuſes danſent pour ſe réjouir de leur victoire. Apres leursdanſes ils éventrent l'Ours & en tirent des bouteilles de Vin & des plats de roſt, qu'ils laiſſent à Harlequin, il temoigne ſa joye & voulant voir s'il ny a plus rien dans le ventre qui luy paroiſt encore fort gros, il acheve de le fendre & en voit ſortir Scaramouche. Il l'embraſſe tendrement & luy demande des nouvelles de Pierrot, par cet écriteau ſur l'air, *des folies d'Eſpagne.*

HARLEQUIN.

Nous boirons bien ô mon cher Scaramouche [écot:
Mais il nous manque un tiers à noſtre[
Ah ! les ſoupirs qui ſortent de ta bouche
Me font trop voir que c'eſt fait de Pierrot.

Pleurons, pleurons nostre cher camarade
Mais faisons mieux, beuvons à sa santé;
En ce moment luy mesme il boit rasade,
Dans ce grand Puits le Lutin la jetté.

Dans le temps qu'ils pleurent tous deux leur cher camarade, ils entendent sa voix, ils s'aprochent du Puits & voyant que Pierrot continuë à crier, ils s'invitent l'un l'autre à l'aller repescher. Aucun deux n'y voulant aller, ils tirent à la courte paille à qui descendra dans le Puits, le sort tombe sur Harlequin qui en enrage; il y descend enfin à l'aide de Scaramouche & il en retire Pierrot, ils s'embrassent tous trois. Pierrot leur fait entendre qu'il a assez bû pour manger & qu'il meurt de faim. Le Theatre change & represente un Salon; on voit sortir une table du fond du plancher. Je ne descris point cette table magique, l'expression seroit infiniment au dessous du spectacle. l'Ogresse qui fait tout les enchantemen qu'on y voit n'oublie rien pour s'acquitte dignement de l'employ dont la Fée l chargée, mais sans renoncer au droit d aire des malices à ses hôtes, Le repas éta ſiny, la Fée vient & amene Colombine à Harlequin pour les reconcilier. Colombine ſe jette aux pieds d'Harlequin & luy temoigne ſon repentir par un couplet de Chanſon ſur l'air, *Ton joly belle Meuſniere.*

COLOMBINE.

Rends moy toute ta tendreſſe
Mon chere Harlequin ;
Si je fus un peu traitreſſe
Prends t'en au deſtin:
Icy bas chaque Lucreſſe
Trouve ſon Tarquin.

HARLEQUIN.

La Fée eſt icy maitreſſe
Et je ſuis ſa Loy ;
Avec toute ma tendreſſe
Je te rends ma foy ;
Tel ſe rit de ma foibleſſe
Qui fait pis que moy.

Colombine & Harlequin s'embraſſent par le commandement de la Fée qui eſtant tres ſatisfaite d'Harlequin, le continuë dans ſon employ de Cenſeur & l'invite à faire toujours de mieux en mieux, par ce couplet ſur l'air, *Au guay l'on la.*

LA FE'E

Ne ceſſe point d'écrire

Sur nouveaux frais.
Heureux ſous mon Empire
N'en ſors jamais.
A ma voix tout obeira,
Tout ſe changera
Comme à l'Opera :
Au guay l'on la lan lire.
Au guay l'on la.

HARLEQUIN.

Pretez à ma Satyre
De l'agrement,
Songeons à faire rire,
Car autrement
A nos jeux aucun ne viendra,
Chacun nous fuira
Tout deſertera.
Et le moyen de dire
Au guay l'on la.

Le divertiſſement finit par les ſauts ou le fameux Anglois, fair voir ce qu'il y a de plus ſurprenant dans ſon Art.

APPROBATION.

J'Ay lû par ordre de Monſieur le Lieutenant general de Police un Manuſcrit qui a pour titre *Harlequin à la guinguette*, dont on peut permettre l'impression. A Paris ce dix-sept Juillet mil sept cent onze. Signé, PASSART.

VEu l'Aprobation du Sieur Passart, Permis d'imprimer. Ce dix-sept Juillet 1711. Signé, MARC RENE' DE VOYER DARGENSON.

Registré sur le Livre de la Communauté des Libraires & Imprimeurs de Paris, suivant l'Arrest du Parlement, du trois Decembre 1705. A Paris ce 24 Juillet 1711. Signé, P. DE LAUNAY, *Syndic.*

www.ingramcontent.com/pod-product-compliance
Ingram Content Group UK Ltd.
Pitfield, Milton Keynes, MK11 3LW, UK
UKHW012303240726
13966UKWH00004B/1591